PALAIS GALLIERA

10, Rue Pierre-Charron, 10

Centenaire de Corot

CATALOGUE

DE

L'EXPOSITION

Paris — 1895

CENTENAIRE DE COROT

EXPOSITION

Des Bulletins de souscription pour le Monument du Centenaire de Corot sont, au Palais Galliera, à la disposition du public.

Toutes les publications (catalogues, gravures, albums, photographies), exposées au Palais Galliera, sont vendues au bénéfice du Monument.

PALAIS GALLIERA

10, RUE PIERRE-CHARRON

EXPOSITION

ORGANISÉE

AU PROFIT DU MONUMENT

DU

CENTENAIRE

DE

COROT

Catalogue

DES CHEFS-D'ŒUVRE

PRÊTÉS PAR LES

MUSÉES DE L'ÉTAT

ET

LES GRANDES COLLECTIONS

DE FRANCE ET DE L'ÉTRANGER

PARIS

IMPRIMERIE GEORGES PETIT

12, RUE GODOT-DE-MAUROI, 12

—

Mai-Juin — 1895

COMITÉ

Président d'honneur :

M. Raymond Poincaré, Ministre de l'Instruction publique, des Beaux-Arts et des Cultes.

Membres :

MM.

Arsène Alexandre, critique d'art.
Léonce Bénedite, conservateur du musée du Luxembourg.
Henri Béraldi, homme de lettres.
F. Beurdeley, maire du viiie arrondissement.
Alb. Blot, avocat.
Jules Comte, directeur des Bâtiments civils.
Desfossés.
Ch. Formentin, conservateur du musée Galliera.
Marcel Fouquier, critique d'art.
Louis Français, membre de l'Institut.
Gust. Geffroy, critique d'art.
A. Guillemet, artiste peintre.
Harpignies, artiste peintre.
Alph. Humbert, député, ancien président du Conseil Municipal de Paris.
G. Lafenestre, membre de l'Institut.
Henry Lapauze, publiciste.
G. Larroumet, membre de l'Institut.
Georges Lecomte, critique d'art.
Dr Levraud, conseiller municipal.
A. Maillard, inspectr des Travaux d'art de la Ville de Paris.
Ch. Meissonier, artiste peintre.
Ch. Normand, directeur de l'*Ami des Monuments*.
Poubelle, préfet de la Seine.
Puvis de Chavannes, artiste peintre.
L. Roger-Miles, critique d'art.
Roll, artistre peintre.
Roujon, directeur des Beaux-Arts.
Rousselle, président du Conseil Municipal.
Strauss, conseiller municipal.
Félix Ter-Linden, artistre peintre.
Thiébaut-Sisson, critique d'art.
Ziem, artiste peintre.

CETTE EXPOSITION

au Bénéfice du Monument

DU

CENTENAIRE DE COROT

a été organisée

AU PALAIS GALLIERA

obligeamment mis à la disposition du Comité par le Conseil
Municipal de Paris

AVEC LE CONCOURS

des Musées de :

Douai.	Marseille.
Dunkerque.	Nantes.
Langres.	Reims.
La Rochelle.	Rouen.
Le Mans.	Saint-Lô.

et des Collectionneurs dont les noms suivent :

MM. Max Bayer.	Mme Vve Alfred Grunebaum.
Bellino.	MM. Guesnon.
Binand.	Hoche.
J. Blanche.	Kapferer.
P. de Borderieux.	Lagarde.
Boussod.	Leclercq.
Bruneau.	G. Lemaitre.
Mme Vve Cardon.	E. Le Roy.
MM. P. Chavane.	Lutz.
Chéramy.	Eug. Lyon de Thuin.
Gustave Claudon.	Louis Mante.
Archibald Coats, Esq.	A. Maxwell, Esq.
W. A. Coats, Esq.	L. Michel-Lévy.
Jules Comte.	Ch. Meissonier.
Fernand Corot.	Léon de Mot.
Cuvelier.	Norberg.
Paul David.	Th. Revillon.
Emile Dekens.	Ch. Roberts.
Delon.	Mme Rodrigues-Henriques.
Victor Desfossés.	MM. Soubies.
Deutsch.	Stumph.
Donatis.	Marcel Thévenin.
Mis Fressinet de Bellan-	Valadon.
ger.	Vasnier.
Goujon, Sénateur.	Vever.
Dr Gratiot.	Warnier.

Musées

Musée de Douai

---

1 — *Paysage, site d'Italie (1848).*

⚜

Musée de Dunkerque

---

2 — *Paysage.*

⚜

Musée de Langres

3 — *Jésus-Christ au Jardin des Oliviers.*
(Salon de 1849.)

Musée de la Rochelle

4 — *Environs de Genève.* Legs Admy-
rault.

5 — *Paysage. (Le Premier Pas.)*

Musée du Mans

6 — *Vue prise à Ville-d'Avray (1867).*

Musée de Marseille

7 — *Vue du Tyrol italien.*

Musée de Nantes

8 — *Soleil couchant après la pluie.*

9 — *Démocrite et les Abdéritains.* (Salon de 1841.)

Musée de Reims

10 — *Autour du Lac.*

11 — *Le Lac d'Albano.*

Musée de Rouen

———

12 — *Les Étangs de Ville-d'Avray.*

13 — *Une Rue de Ville-d'Avray.*

Musée de Saint-Lô

———

14 — *Homère et les Bergers.* (Salon de
1845.)

Collections[*]

Collection de M. M. Bayer

PARIS

---

15 — *Effet du Soir dans la Campagne
      Romaine.*
16 — *L'Étang.*

Collection de M. Bellino

PARIS

---

17 — *Les Carrières.*

Collection de M. Binand

PARIS

18 — *Vue prise dans la forêt de Fontai-
nebleau.*

Collection de M. Jacques Blanche

PARIS

19 — *Vue de l'Hôpital de Beauvais
(1833).*

Collection de M. P. de Borderieux

PARIS

20 — *Chaumière au bord de la Mer.*

Collection
de MM. Boussod et Valadon

PARIS

21 — *Les Contrebandiers.*
22 — *Cour de Ferme.*

Collection de M. Bruneau

23 — *Maison de Corot à Ville-d'Avray.*

Collection de Mme Vve Cardon

BRUXELLES

24 — *Forêt de Saint-Germain.*

Collection de M. P. Chavane

DIJON

25 — *Beaune-la-Rolande.*

26 — *Matin*

Collection de M. Chéramy

PARIS

27 — *Le Chevalier.*

28 — *« La petite Pie »* (*Portrait de* Mlle *V...*).

29 — *Gênes.*

30 — *Venise.*

31 — *Genzano.*

32 — *Mendiants.*

33 — *Saint-Sébastien.*

Collection Gustave Claudon

PARIS

34 — *Nymphes au bain.*

35 — *Site de Normandie.*

36 — *Gelée blanche à Auvers.*

37 — *Ferme au bord d'un étang.*

38 — *Saules près d'un ruisseau.*

39 — *Canal en Hollande.*

40 — *Pêcheur au soleil couchant.*

Collection
de M. Archibald Coats, Esq.

WOODSIDE-PAISLEY (ÉCOSSE)

41 — *Le Soir.*

42 — *Une Danse de Nymphes.*

43 — *Le Soir, ronde de Nymphes.*

44 — *Idylle, ronde d'Enfants.*

Collection de M. W. A. Coats

SKELMORLIE (ÉCOSSE)

45 — *Le Lac.*

Collection de M. Jules Comte

PARIS

46 — *La Moussière* (effet de matin).

Collection de M. Fernand Corot.

PARIS

47 — *La Femme à la Fleur.*

48 — *Ferme, à Brunoy.*

49 — *Allée, à Brunoy.*

50 — *Paysage.*

51 — *Copie, d'après Corot, de son portrait, offert par lui au Musée des Offices de Florence.*

En Vitrine. — Épreuve de la Médaille offerte à Corot, le 29 décembre 1874.

Huit carnets de notes de Corot.

Collection de M. Eug. Cuvelier

THOMERY (S.-ET-M.)

52 — *Paysage avec Baigneuses.*

53 — *Madeleine.*

❧

Collection de M. Paul David

REIMS

54 — *Chemin bordé de saules.*

55 — *Route sous bois.*

56 — *Prairie, à Ville-d'Avray.*

❧

Collection de M. Émile Dekens

BRUXELLES

57 — *Femme au Tigre.*

58 — *Femme à l'Amour.*

59 — *Portrait de Jeune Fille.*

Collection de M. Delon

PARIS

60 — *Le Matin.*

Collection de M. Victor Desfossés

PARIS

61 — *La Toilette (1864).*

62 — *Saint-Sébastien.*

63 — *Le Pêcheur.*

64 — *L'Atelier de Corot.*

65 — *La Cigale.*

Collection de M. Deutsch

PARIS

66 — *Vue de Rouen.*

67 — *Petites paysannes.*

68 — *Une allée.*

Collection de M. Donatis

PARIS

69 — *Le Soir.*

70 — *La Brume du matin.*

71 — *Hameau dans le voisinage de la Mer.*

72 — *Allée ombreuse, à Ville-d'Avray.*

73 — *Chemin montant.*

74 — *Champ de blé.*

75 — *Un Arbre au bord de l'eau.*

76 — *Paysage printanier.*

77 — *Paysage ombreux.*

Collection du Marquis Fressinet
de Bellanger

PARIS

78 — *Le Lac.*

79 — *Nymphes chevauchant sur des pan-*
thères.

80 — *Femme en forêt ramassant du bois.*

Collection de **M. E. Goujon**, sénateur

PARIS

81 — *L'Écluse.*

82 — *Le Gendarme.*

83 — *Le Moulin.*

Collection de M. le Dr Gratiot

PARIS

84 — *Paysage.*
85 — *Coubron.*

Collection
de Mme Veuve Alfred Grunebaum

PARIS

86 — *Les Saules.*
87 — *Figure debout.*
88 — *Effet de Lune.*

4

Collection de M. Guesnon

PARIS

89 — *Penserosa, Jeune Fille à la fontaine.*

❧

Collection de M. G. Hoche

PARIS

90 — *Souvenir de la Villa Borghèse.*

❧

Collection de M. A. Kapferer

PARIS

---

91 — *La Liseuse*

Collection de M. Lagarde

PARIS

---

92 — *Étang de Ville-d'Avray.*

Collection de M. Leclercq

PARIS

93 — *Paysage composé et Baigneuses.*
(Étude pour un tableau. Vente
de l'atelier Corot.)

Collection G. Lemaitre

PARIS

94 — *Portrait de Corot par lui-même.*

Collection de M. E. Le Roy

PARIS

95 — *Le Ruisseau.*

96 — *L'Étang.* (Non signé. Offert par
Corot à son ami Th. Scribe.)

Collection de M. Georges Lutz

PARIS

97 — *Le Lac de Garde.*

98 — *Petit Pont.*

99 — *Le Matin.*

100 — *Montmartre.*

101 — *Saulaie, environs d'Arras.*

102 — *Flessingue.*

103 — *Le Laboureur.*

104 — *La Baignade.*

Collection de M. Eug. Lyon de Thuin

BRUXELLES

---

105 — *Paysage. Paysan à cheval dans
la campagne.*

Collection de M. Louis Mante

MARSEILLE

---

106 — *Le port de Mantes.*
107 — *Campagne Romaine.*

Collection de M. A. Maxwell, Esq.

GLASGOW

108 — *Le Matin, près de la mer.*

Collection de M. Léon Michel-Lévy

PARIS

109 — *La Messe.*

110 — *Ville-d'Avray.*

111 — *Jeune fille à la Fontaine.*

Collection de M. Ch. Meissonier

POISSY

112 — *Vaches dans une Prairie.*

Collection de M. Léon de Mot

BRUXELLES

113 — *Vue d'Arleux, près de Douai.*

114 — *Vue de Dochy, près de Douai.*

Collection de M. Norberg

PARIS

115 — *Matinée.*

Collection de Th. Revillon

PARIS

116 — *Le Pont de Narni.* (Salon de 1827.)

Collection de M. Ch. Roberts

LONDRES

117 — *L'Ouragan*.

Collection
de Mme Rodrigues-Henriques

PARIS

118 — *Dante et Virgile* (réduction du grand tableau).

119 — *Campagne de Rome*.

120 — *Femme à la Chèvre*.

121 — *Le Parc des Lions*.

122 — *Palette de Corot*.

Collection de M. Soubies

PARIS

123 — *Le Sentier*.

Collection de M. Stumph

PARIS

124 — *Fin de journée*.

Collection de M. Marcel Thévenin

PARIS

125 -— *La Rue des Saules, à Montmartre.*

Collection de M. Vasnier

REIMS

126 — *L'Étang de Ville-d'Avray.*
127 — *Villeneuve-lez-Avignon.*
128 — *Souvenir d'Italie.*

Collection de M. Henri Vever

PARIS

129 — *Cascade de Terni.*

130 — *Eurydice blessée.*

131 — *Étang de Ville-d'Avray.*

132 — *Le Chemin montant.*

133 — *L'Abreuvoir.*

134 — *Effet du Matin (Femme).*

135 — *Route ensoleillée.*

136 — *Effet du Matin (Vaches).*

137 — *Effet du Soir.*

138 — *La Jeune Mère.*

139 — *Nymphe au bord de la Mer.*

Collection de M. Warnier

REIMS

BUSTE DE COROT

Par Maurice Bouval

IMPRIMERIE GEORGES PETIT

12, RUE GODOT-DE-MAUROI, 12